MW00993073

**Jefatura de arte y de producto:**
María José Pingray

**Diseño:**
Leda Rensin

**Corrección:**
Laura Junowicz

**Producción industrial:**
Aníbal Álvarez Etinger

Blasco, Martín
    Leyendas del mundo / Martín Blasco ; editado por Ziomara De Bonis Orquera
; ilustrado por Cynthia  Orensztajn. - 1a ed . 1a reimp. - Ciudad Autónoma de
Buenos Aires : El Gato de Hojalata, 2018.
    64 p. : il. ; 28 x 20 cm.

    ISBN 978-987-751-487-2

    1. Libro de Entretenimiento para Niños. I. De Bonis Orquera, Ziomara, ed. II.
Orensztajn, Cynthia , ilus. III. Título.
    CDD 793.2054

Martín Blasco

# Leyendas del mundo

Ilustraciones de
## Cynthia Orensztajn

# El árbol de los deseos

### Leyenda india

Un viajero muy cansado se sentó a la sombra de un árbol. Lo que no sabía, es que se había sentado justo bajo un árbol mágico, el árbol que volvía realidad los deseos.

Sentado en el duro suelo, lo primero que pensó, porque estaba muy cansado, fue cuánto más agradable sería estar en una cómoda y blanda cama. Y de inmediato mágicamente, una cama exactamente igual a la que había imaginado, apareció a su lado.
Muy sorprendido, el viajero se acostó en la cama, a pesar de lo raro que le resultaba que hubiera aparecido de la nada y se durmió en pocos segundos. Descansó como pocas veces lo había hecho en su vida.

Cuando despertó, se dio cuenta de que había estado durmiendo mucho tiempo. ¿Y cómo lo supo? ¡Porque tenía mucha hambre! Su estómago hacía más ruido que los ronquidos que había estado echando hacía un rato. Y por eso pensó: «Pero qué hambre que tengo... comería de todo ahora mismo».

Y así se fue imaginando prácticamente todos los alimentos que conocía. Y como había sucedido con la cama, de repente apareció a su lado una mesa... ¡Con un verdadero festín encima! ¡Los alimentos más suculentos, todos dispuestos para él! El viajero se sorprendió mucho, pero tenía tanta hambre que no lo dudó ni un segundo: se sentó a la mesa y comió y bebió hasta hartarse.

Y realmente fue un festín extraordinario, no solo había comidas de todos los tipos sino que además estaban preparadas de la mejor forma posible.

11

El viajero había comido tanto que le daba vueltas la cabeza. Se tiró nuevamente en la cama para descansar después de tanto comer. Realmente se sentía muy feliz, lo que estaba sucediendo era extraordinario. Se daba cuenta de que, sin buscarlo, había encontrado una especie de bosque mágico donde todos sus deseos se cumplían. Era genial. Tan genial que no tenía sentido seguir viajando. Estaba decidido: se quedaría a vivir en ese bosque, bajo ese mismo árbol. ¿Qué podía pasar de malo? Entonces pensó en lo único que le daba miedo. «El único problema sería que en este bosque haya tigres, y que aparezca un tigre en este momento y decida comerme».

Y entonces apareció un tigre y se lo comió.

# El primer espejo

Leyenda china

Un campesino muy humilde estaba deseoso
de encontrar el regalo perfecto para su esposa.
Ella cumplía años y él quería sorprenderla.
Entonces, viajó a la ciudad y llevó todo el arroz
que había cultivado. Fue al mercado y logró
vender el arroz a buen precio.

Ahora venía la parte más difícil: elegir el regalo adecuado para su mujer. Estuvo un rato largo dando vueltas entre los puestos, viendo vestidos y peines. Pero aunque eran muy humildes, su mujer ya tenía vestidos y ya tenía peines (para ser exactos mejor no usar el plural, tenía uno y uno, un vestido y un peine) y lo que él quería era sorprenderla con algo nuevo.

Finalmente encontró el regalo perfecto. En un negocio vendían algo que él jamás había visto antes, una superficie reluciente que reflejaba las cosas, (eso que nosotros llamamos espejo).

En ese momento los espejos eran verdaderos artículos de lujo, no cualquiera podía comprar uno. El campesino no dudó: era el regalo perfecto para su mujer.

Tuvo que pagar una gran suma,
pero pudo comprarlo y muy contento
regresó a su casa.

17

Para sorprender a su mujer, dejó el espejo sobre la cama y salió a trabajar. Se fue pensando en lo contenta que ella se iba a poner cuando encontrara la sorpresa. Gracias al espejo, iba a descubrir lo hermosa que era.

Ella entró a la casa y lo primero que vio fue el extraño objeto que brillaba. Lo tomó entre sus manos y lo acercó a su rostro, que se reflejó en el espejo. Pero claro, ella no sabía cómo funcionaba el espejo. Abrió grande los ojos y luego se puso a llorar.

—¡Esto es terrible, mi esposo ha traído otra mujer a la casa! —gritó.

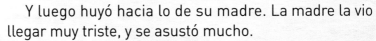

Y luego huyó hacia lo de su madre. La madre la vio
llegar muy triste, y se asustó mucho.
—¿Qué sucede, niña mía? —le dijo.
—Oh, madre, mi esposo ha traído otra mujer a la casa
y de algún modo mágico la tiene dentro de este objeto.

La madre, furiosa, tomó el espejo entre
sus manos y lo llevó ante su rostro. Pero ella
tampoco había visto uno nunca antes. Y cuando
lo tuvo enfrente, enseguida sonrió aliviada.
—No tienes de qué preocuparte, hijita mía.
¡Esta mujer es demasiado vieja para él!

fin

# El mejor hijo

## Leyenda mogol

Un hombre anciano tenía que decidir a cuál de sus tres hijos
dejaba a cargo de los bienes familiares cuando él ya no estuviese.

Era una decisión difícil, pues quería por igual a los tres. El hombre
estaba ya muy viejito, apenas si se levantaba de la cama. Así que
llamó a los tres hijos y les dijo:

—Como se deben haber imaginado, no puedo dividir lo que poseo en tres. Eso dejaría muy pocos bienes a cada uno de ustedes. Por eso he decidido dejar al más inteligente de ustedes a cargo de nuestro humilde terreno y nuestro ganado. Porque sé que el más inteligente tomará las mejores decisiones y cuidará de sus hermanos. Así que esa es la cuestión, averiguar cuál de ustedes es el más inteligente. Para eso, van a realizar una pequeña prueba. Les voy a dar a cada uno una moneda, pero solo una y nada más. Y con esa moneda, el que logre comprar algo con lo que llenar este cuarto entero, se quedará con todo y será el nuevo jefe de la familia.

Los tres hijos dejaron la casa, cada cual con su moneda, y fueron al mercado.

El primer hijo pensó mucho qué comprar. Una sola moneda no era tanto, no alcanzaba para comprar muchas cosas. Así que decidió comprar paja, porque era lo más barato y con una moneda podía comprar bastante. Pero cuando llegó a la casa, se dio cuenta de que toda la paja que había comprado apenas si llenaba la tercera parte del cuarto que había indicado su padre.

El segundo hijo también decidió comprar un producto muy barato, sacos de plumas, pero además de eso, viajó por varios pueblos cercanos, hasta conseguir el mejor precio. Tardó varios días y cuando volvió a la casa con los sacos de plumas, descubrió que apenas podía llenar la mitad de la habitación.

El tercer hijo no tardó nada en encontrar lo que buscaba.
Fue al mercado, compró un pequeño objeto y como era barato,
incluso le dieron vuelto por su moneda. El objeto era una vela.
Esperó hasta la noche, encendió la vela, y todo
el cuarto, hasta el último rincón, se llenó de luz.
El padre sonrió satisfecho. Había encontrado al indicado.

fin

# La división de los hombres

## Leyenda turca

Un sultán tirano y propenso a cortar cabezas llamó a los sabios del reino y les hizo la siguiente pregunta:

—¿En qué dos clases de personas se divide el mundo?

Los sabios pensaron unos minutos, buscando la mejor respuesta. Finalmente, uno de ellos se puso de pie y habló.

—Su alteza —dijo— su pregunta tiene una respuesta clara: el mundo se divide entre los creyentes de la verdadera fe y los no creyentes.

Al sultán le pareció muy correcta esta respuesta y ya estaba por premiar al sabio que había hablado, cuando otro, celoso del primero y especialmente obsecuente, quiso dar una respuesta también.

—Su majestad —dijo— si bien mi compañero tiene algo de razón, creo que lo correcto sería decir que el mundo se divide entre los seguidores de su majestad, sultán de todos los musulmanes, y los que no lo siguen y por lo tanto están en el error.

Esta definición le gustó mucho más al sultán, claro, porque él era el protagonista, y ya el segundo sabio se daba por ganador, cuando los otros sabios notaron el buen humor del sultán, no quisieron quedarse sin elogios y premios, así que comenzaron a dar definiciones también.

—Su majestad, para mí el mundo se divide entre ricos y pobres, esa es la verdadera división. En todos los reinos, en todos los países, siempre hay ricos y siempre hay pobres.

—O entre negros y blancos —dijo otro.

—Más bien entre hombres y mujeres, es claro que esa es la verdadera diferencia.

—No, ¡ancianos y jóvenes!

Y así continuaron los sabios, sumando más y más posibilidades, y mientras ellos argumentaban, la sonrisa del sultán fue desapareciendo, el ceño se le fue frunciendo y el conjunto de su rostro fue mutando hasta desembocar en una clara expresión de ira.

—¡Basta! —gritó—. ¡Me cansé! Todos parecen tener razón. ¡Y eso no puede ser! Quiero una única respuesta. Si para el amanecer no están de acuerdo en cómo se divide el mundo, ¡les corto la cabeza a todos!

Larga y terrible noche tuvieron por delante los sabios.
Por más que discutían, no lograban ponerse de acuerdo. Es
que al haber cometido el error de ofrecer tantas opciones
al sultán, ahora no podían encontrar una que incluyera a las
demás. ¿Hombres y mujeres? ¿Ricos y pobres? ¿Blancos y
negros? ¿Creyentes y no creyentes? ¿Ancianos y jóvenes?
Por los ventanales del palacio, el sol les traía
sus primeros rayos, que para ellos anunciaban la condena.
Abrumados, decidieron salir a la calle para tomar aire,
despejarse y quizás ver la ciudad por última vez.

31

Fue justo en ese momento que pasó sobre su burro el viejo maestro Nasrudin. El pelo ya blanco, la barba siempre desprolija. Los sabios, esos sabios del sultán, siempre lo habían detestado, porque el pueblo quería a ese viejo maestro y a ellos no. Aun así, lo vieron pasar y comenzaron a preguntarse si no tendría una respuesta mejor que la de ellos.

—Podríamos preguntarle... a ver qué piensa —dijo uno.

—Sí, total, no perdemos nada.

Así que los sabios, derrotados, rodearon a Nasrudin, anhelando que los ayude.

—Nasrudin —dijeron—. ¿La humanidad
puede dividirse en dos tipos de personas?
—Por supuesto —dijo Nasrudin sin dudarlo.
—¿En serio? ¿Cuáles? ¡Por favor, dínoslo!
—El mundo se divide en dos tipos de
personas —respondió Nasrudin—:
los que, en todos los países y en
todas las épocas, insisten en dividir
al mundo en dos tipos de personas,
y el resto de nosotros.

fin

# ¿Y quién es más grande?

Leyenda esquimal

La Luna recorría muy contenta el cielo y fanfarrona decía:
—¡Soy la más grande! ¡Mírenme! No hay otra más grande que yo.

Entonces el Lago, desde la Tierra, le contestó: —¿Estás segura, Luna? A mí me parece que más grande soy yo, y tengo pruebas. Te reflejo entera y aún me sobra mucho lugar. ¡Yo soy el más grande!

Y la Luna y el Lago se pusieron a discutir con tanta fuerza sobre quién era más grande que despertaron a un pequeño ratoncito. El ratón salió de su guarida, se estiró y bostezó con tanta fuerza que cerró el ojo izquierdo y solo dejó abierto el derecho. Con ese ojo, miró a la Luna y al Lago.

—Ahhhhhhhh —dijo el ratón mientras se despertaba—, ¡dejen
de discutir! De hecho mi ojo derecho es el más grande de todos,
porque contiene al mismo tiempo a la Luna y al Lago.

Mientras se alejaba volando, dijo la lechuza orgullosa:
—Ahora vemos quién es el más grande ¡sin duda es mi estómago!, que contiene al ratón, a su ojo, al Lago y a la Luna.

# El hombre que no sabía historias

## Leyenda irlandesa

Había un hombre que se llamaba Brian. Su trabajo era cortar cañas para hacer cestos. Un año las cañas escasearon y el único lugar donde se conseguían era en un valle donde habitaban peligrosas criaturas.

Pero Brian no tenía miedo.

Así que fue a buscar cañas al valle encantado. En poco tiempo cortó una gran cantidad y ya estaba listo para volver cuando de repente se vio rodeado por una espesa neblina. No podía ver nada hacia ningún lado. Solo distinguía una luz a lo lejos.

Tropezando y cayendo, caminó hacia la luz. Cuando llegó se dio cuenta de que provenía de una casa y que la puerta estaba abierta. Dentro encontró una pareja de ancianos que le sonreían amables.

—Cuéntanos una historia —dijeron los ancianos.
—No puedo, no sé contar historias —respondió Brian.
—¿No sabes ninguna historia?
—No, no sé ninguna.
Los ancianos se miraron entre sí.
—Entonces —dijo la mujer— tráenos agua del pozo.

Eso era algo que podía hacer, así que muy contento Brian tomó un balde y fue hasta el pozo. Pero cuando estaba por llegar, un feroz viento levantó a Brian por los aires ¡y se lo llevó volando! Cuando cayó de nuevo al suelo, se encontraba frente a una iglesia donde estaba por concretarse una boda

Brian entró con timidez, justo cuando alguien decía:

—A esta boda le falta música.

Entonces la novia muy contenta señaló a Brian.

—No se preocupen, ¡acaba de llegar el mejor violinista de toda Irlanda!

Y la gente se dio vuelta para mirar a Brian.

—¡Yo no sé tocar el violín! —respondió.

Pero no le hicieron caso. Alguien le tiró un violín y una vez que lo tuvo en sus manos, sin saber cómo, Brian comenzó a tocarlo tan bien que todos se pusieron a bailar. Entonces alguien dijo:

—Pero no ha venido el cura. ¿Qué haremos?

—No hay problema —dijo el novio—. Aquí está el mejor sacerdote de toda Irlanda, ¡es Brian!

—Yo no tengo nada de sacerdote —se excusó Brian—, no podría casarlos.

Pero de repente estaba frente a los novios y pronunció palabras tan hermosas mientras los casaba que todo el mundo lloró de la emoción. Y tanto se emocionó la madre de la novia que se desmayó.

45

Y todos corrieron buscando un médico, hasta que un tío dijo:

—No se preocupen, aquí está el mejor médico de toda Irlanda. ¡Es él, es Brian!

—¡Si yo no soy médico!

Pero Brian fue y curó a la señora, y luego a un hombre que le dolía la pierna, y a una chica que tenía fiebre. Y con todo el mundo feliz, curado, bailado y con los novios casados, Brian dejó la boda mientras lo aplaudían.

Pero apenas salió, de nuevo lo agarró el viento feroz, voló por los aires hasta caer de nuevo frente al pozo. Tomó el agua y volvió corriendo a la casa de los ancianos. Estaban sentados en el mismo sitio donde los había dejado.

—Y bien —dijo la anciana—, ¿sigues siendo incapaz de contarnos una historia?

fin

# La mirada de Mashnun

Leyenda árabe

Por todo oriente se contaba la fabulosa historia de amor de Mashnun y Leila. Los recitadores de cuentos la trasmitían de ciudad en ciudad, y hablaban una y otra vez de la fabulosa belleza de Leila, que de tan bella que era, había enloquecido de amor al valiente Mashnun.

Decían que su cabello era negro como la noche, que sus ojos brillaban como dos lunas, que su sonrisa hacía palidecer a los ángeles.

Al escuchar tantas cosas increíbles, el Califa comenzó a soñar con la belleza de Leila y quiso conocerla en persona. Él sabía que la historia de amor entre Mashnun y Leila era real y que ambos existían. Así que pagó una enorme fortuna para que Leila fuera encontrada y llevada a su palacio.

Después de mucho tiempo, un día la trajeron. El Califa la invitó a pasar y los sirvientes prepararon té para los dos.

Mientras tomaban el té, el Califa no dejaba de mirarla detenidamente. Finalmente no aguantó más y dijo:

—Confieso que eres una bella mujer, pero creo que las historias son exageradas. Por años escuché sobre tus cabellos negros como la noche, tus dientes de perlas y tu mirada que hechiza, y sin embargo, aquí estás frente a mí y debo decir que todo eso te falta.

Leila sonrió con tristeza y bajó la mirada. Luego le respondió al Califa.

—Oh, Soberano, a mí no me falta nada. Es a ti al que le falta algo.
—¿A mí? —respondió el Califa—. ¿Qué me puede faltar a mí?
—La mirada de Mashnun.

# Tanabata

## Leyenda japonesa

El rey celestial Tenkou, tenía una hija llamada Orihime, que en japonés significa «princesa de los tejidos». La princesa era muy bella y su trabajo era ser una gran tejedora.

Tejía nubes de colores en el cielo, junto a un río llamado Amanogawa, lo que nosotros conocemos como Vía Láctea. Un día, uno de estos tejidos cayó a la Tierra y quien lo encontró fue un modesto pastor llamado Kengyu.

La princesa celestial fue a buscar su tejido, y cuando vio a Kengyu, ambos se enamoraron apasionadamente y decidieron que estarían juntos para siempre.

Pero cuando el padre de Orihime, el rey celestial Tenkou, se enteró, no le gustó nada. Tanto se enfureció que les prohibió verse y los situó a cada uno en una orilla distinta del río del cielo, de la Vía Láctea.

La princesa, muy triste, le rogó a su padre poder ver a su amado una vez más. Finalmente, este se apiadó y permitió a los amantes volver a encontrarse en un puente sobre el río, pero solo una vez al año, la séptima noche del séptimo mes, es decir, el siete de julio. Pero esto solo sucede si el rey celestial está contento con el trabajo de su hija y hace que esa noche no llueva porque, si no, no podrán verse hasta el año siguiente.

Por eso, aún hoy, en esa fecha en Japón se realizan grandes fiestas y la gente escribe deseos y pequeños poemas en tiras de papel y los cuelgan de las ramas de los árboles de bambú, para festejar que allá lejos en el cielo, los dos amantes vuelven a encontrarse.

fin

# Índice